STAR WARS™

LES DERNIERS JEDI

Novélisation : Catherine Kalengula.
Illustrations : Brian Rood.
Conception graphique du roman : Audrey Thierry.
Mise en pages : Valérie Gibert et Philippe Sedletzki.

Hachette Livre, 58 rue Jean-Bleuzen, 92178 Vanves cedex.

STAR WARS™

LES DERNIERS JEDI

hachette
JEUNESSE

LES PERSONNAGES

LEIA

Leia a toujours combattu l'Empire. Aujourd'hui, elle est générale dans la Résistance, qui lutte contre le Premier Ordre. C'est aussi la sœur de Luke Skywalker.

LUKE

Luke Skywalker est le dernier Jedi encore en vie. Il habite sur la planète Ahch-To, aux confins de la galaxie. Il est l'ultime espoir de la Résistance dans la lutte contre le Premier Ordre.

REY

Cette jeune orpheline a rejoint la Résistance. Elle espère convaincre Luke Skywalker de rallier le combat contre le Premier Ordre et souhaite qu'il lui apprenne à maîtriser la Force.

POE DAMERON

C'est le meilleur pilote de la Résistance. Il est très investi dans la lutte contre le Premier Ordre. Il respecte beaucoup Leia, ce qui ne l'empêche pas de n'en faire parfois qu'à sa tête.

KYLO REN

Fils de Leia, Ben a basculé du côté obscur de la Force. Désormais connu sous le nom de Kylo Ren, ce puissant guerrier est au service de Snoke, le Suprême Leader du Premier Ordre.

SNOKE

Suprême Leader du Premier Ordre, Snoke est aussi le maître de Kylo Ren. Il maîtrise le côté obscur de la Force et compte anéantir les Jedi une fois pour toutes.

CHAPITRE 1

Bataille spatiale

IL Y A BIEN LONGTEMPS, DANS UNE GALAXIE LOINTAINE, TRÈS LOINTAINE….

Le Premier Ordre règne sur la galaxie. Seule une poignée de résistants continue de se battre. Ils sont dirigés par Leia Organa. Tous n'ont qu'un espoir : que le grand maître Jedi Luke Skywalker accepte de revenir les aider…

Ce jour-là, les vaisseaux du Premier Ordre s'apprêtent à détruire la base de la Résistance. Leia donne aussitôt l'ordre d'évacuer. Mais le temps presse ! Elle se tourne vers son meilleur pilote, Poe Dameron.

— Vous avez une idée, devine-t-elle. Mais elle ne va pas me plaire...

Elle sait aussi qu'elle n'a pas d'autre choix que de faire confiance à Poe. Chaque seconde compte. Quelques instants plus tard, Poe s'envole à bord de son X-wing, avec BB-8. Puis il contacte le général Hux, qui dirige la flotte ennemie.

— Attention, lance-t-il à travers son comlink. Ici, le commandant Poe Dameron, de l'armée de la

République. J'ai un communiqué urgent pour le général *Hugz*.

Il fait exprès de mal prononcer son nom, pour l'agacer… et le distraire.

— Dites à votre précieuse princesse qu'il n'y aura aucun arrangement, rétorque Hux.

Pendant qu'il discute avec lui, Poe s'approche du croiseur. Si près

que ses ennemis ne peuvent plus l'atteindre ! C'est le moment ! Le pilote tire sur les canons du vaisseau adverse.

Son plan a fonctionné !

Maintenant que l'armement le plus puissant a été anéanti, la bataille peut commencer !

— Poe, vous avez réussi, constate Leia dans son comlink. Maintenant, rentrez.

Mais le pilote n'a qu'une envie : se débarrasser du croiseur ennemi, une bonne pour fois pour toutes. Pour cela, il ordonne aux bombardiers de passer à l'attaque. Malheureusement, le Premier Ordre parvient à tous les détruire, sauf un. Il est piloté par une jeune artilleuse,

nommée Paige. Celle-ci appuie sur le bouton… et c'est l'explosion !

Le croiseur ennemi est pulvérisé. Mais Paige y laisse la vie. Il est temps pour Poe et le reste de son équipe de regagner le vaisseau principal de la Résistance…

Tandis que l'engin passe dans l'hyperespace à la vitesse de

la lumière, Finn ouvre les yeux. Il a été sévèrement blessé lors de la bataille qui a détruit Starkiller, une redoutable arme ennemie. À son réveil, il est soulagé d'apercevoir Poe.

— Mon ami ! s'écrie celui-ci. Tu dois avoir un millier de questions à me poser !

Mais Finn n'en a qu'une :

— Où est Rey ?

CHAPITRE 2

Une situation compliquée

Rey traverse la galaxie à bord du *Faucon Millenium*. Elle n'est pas seule, Chewbacca l'accompagne. La jeune femme a une mission à accomplir : elle doit retrouver Luke Skywalker. Seul un grand maître Jedi peut vaincre le dirigeant du Premier Ordre, le terrible Snoke, et son apprenti, Kylo Ren.

Le *Faucon* atterrit bientôt au milieu d'une île située sur la planète

reculée de Ahch-To. Luke s'y trouve bel et bien. Mais lorsque Rey lui offre le sabre laser qui lui a appartenu autrefois, l'ancien Jedi le jette, avant de s'éloigner.

La jeune femme s'élance à sa poursuite.

— Maître Skywalker ! appelle-t-elle. Je suis de la Résistance. C'est le général Leia qui m'envoie. Nous avons besoin de vous.

Luke refuse de l'écouter. Il entre dans sa hutte et lui claque la porte au nez. Rey ignore quoi faire. Alors qu'elle va récupérer le sabre, elle aperçoit un X-wing, englouti sous les flots. À l'évidence, l'ancien maître Jedi n'a aucune intention de quitter cette île.

Mais Rey a peut-être la solution. Elle demande à Chewbacca, son vieil ami, d'aller lui parler. Luke est surpris de le voir.

— Chewie ? s'étonne-t-il. Mais que fais-tu ici ?

— C'est une longue histoire, explique Rey. Nous vous la raconterons à bord du *Faucon*.

— Le *Faucon* ? répète Luke, avec émotion. Où est Han ?

Au fond de lui, il connaît déjà la réponse à cette question : Han Solo n'est plus de ce monde.

Au même instant, dans un vaisseau du Premier Ordre, le fils de Han, Kylo Ren, salue le Suprême Leader.

— Quand je t'ai rencontré, s'emporte Snoke, j'ai vu en toi tout ce que les maîtres espèrent. Et, par-dessus tout, quelque chose d'unique. Le potentiel de ta lignée. Un nouveau Vador. Maintenant, je crains d'avoir commis une erreur.

Kylo veut protester, mais Snoke l'interrompt.

— Skylwalker est en vie, tonne-t-il. Et tant qu'il existera, l'espoir subsistera dans la galaxie. Je pensais que tu serais capable de nous débarrasser de lui. Hélas. Tu n'es pas Vador. Tu n'es qu'un enfant avec un masque.

Kylo tourne les talons, hors de lui. Tandis qu'il brise son casque en morceaux, il se fait une promesse : il va prouver au Suprême Leader qu'il se trompe.

Kylo n'est pas le seul à être en colère. À bord du vaisseau de la Résistance, Leia est furieuse contre Poe, qui a délibérément désobéi à ses ordres. À cause de lui, de nombreux pilotes ont perdu la vie.

— Vous êtes rétrogradé, décide-t-elle.

Poe, qui était commandant, redevient donc un simple capitaine. Juste après, l'alarme est donnée.

La flotte du Premier Ordre est à leurs trousses ! Comment ont-ils fait pour suivre la Résistance à travers l'hyperespace ? En principe, c'est impossible ! Mais Leia n'a pas le temps de chercher des réponses à cette question. Les chasseurs TIE les attaquent.

— Permission de bondir dans un X-wing ? demande Poe.

La princesse acquiesce, et le jeune homme fonce vers le hangar.

CHAPITRE 3

Le plan de Finn

Poe n'a pas le temps d'atteindre son appareil. Aux commandes de son chasseur TIE noir, Kylo Ren s'approche du croiseur de Leia et tire en plein dans le hangar. Le X-wing de Poe explose sous ses yeux, comme la plupart des autres vaisseaux entreposés à l'intérieur. Mais le pilote s'en sort indemne.

Ce premier travail effectué, Kylo se concentre sur la passerelle

de commandement. C'est alors qu'il sent la présence de sa mère. Peut-il vraiment s'en prendre à elle ?

Il n'a pas le temps d'y réfléchir. Près de lui, un autre chasseur fait feu à sa place. Le pont est anéanti, et Leia est projetée dans l'espace.

Mais la princesse refuse de baisser les bras. Au prix d'un dernier effort, elle se sert de la Force pour rejoindre son vaisseau.

Sur Ahch-To, Rey, elle non plus, n'abandonne pas. Elle tente toujours de convaincre Luke de quitter l'île. Tandis qu'elle le suit dans tous ses déplacements, elle s'arrête soudain devant un grand arbre creux. L'ancien Maître Jedi est surpris. Comment Rey peut-elle sentir le pouvoir de cet arbre ?

Guidée par la Force, la jeune femme y trouve des livres anciens, recouverts de poussière. De précieux ouvrages contenant le savoir des Jedi.

Luke la rejoint.

— Il y a quelque chose qui a toujours été là, en moi, lui confie la jeune femme. Mais maintenant, ça s'est réveillé… et j'ai peur.

L'ancien Jedi comprend qu'elle parle de la Force.

— Tu cherches un professeur ? demande-t-il, tandis qu'elle hoche la tête. Je ne peux pas t'aider.

Autrefois, il a eu un élève : son neveu, Ben. Mais celui-ci a fini par se tourner vers le côté obscur, et il a pris le nom de Kylo Ren.

Pour Luke, c'est un échec. Son ancien apprenti menace désormais la galaxie.

À bord du croiseur de la Résistance, Leia est trop faible pour commander la flotte. En attendant sa guérison, c'est son amie, la vice-amirale Holdo, qui la remplace. Mais Poe et elle ont des avis divergents.

— Quel est notre plan ? interroge le pilote.

— Capitaine Dameron, contentez-vous de rester à votre poste et de suivre mes ordres, décrète la vice-amirale Holdo.

Alors que Poe se demande comment ils vont pouvoir échapper à leurs poursuivants, Finn n'a

qu'une idée en tête : retrouver son amie Rey. Pour cela, il projette de partir à bord d'un petit vaisseau. Mais il est surpris par Rose, la sœur de Paige, la courageuse artilleuse. Ensemble, ils échafaudent un plan.

La jeune femme a une idée. Elle pense que le Premier Ordre possède un appareil capable de suivre leur trace à travers l'hyperespace. Selon elle, cet appareil se trouve à bord du croiseur principal. S'ils réussissent à le mettre hors service, ils seront sauvés !

Finn et Rose contactent Maz Kanata. Leur vieille amie connaît un homme capable de déprogrammer le traceur. Il vit actuellement dans la ville de Canto Bight.

Après avoir mis Poe au courant de leur projet, Rose, Finn et BB-8 s'envolent dans cette direction…

CHAPITRE 4

Un dernier espoir

Sur l'île, Rey essaie toujours de persuader Luke de la suivre. Sans succès. Pendant qu'elle part s'entraîner, l'ancien Jedi monte à bord du *Faucon Millenium*. Là, il tombe sur R2-D2. L'astromécano se met à biper avec colère. La Résistance a besoin de Luke Skywalker !

— Mon vieil ami, je fais de mon mieux, lui assure celui-ci. Rien ne peut me faire changer d'avis.

C'est alors que R2 projette un hologramme de Leia, datant de plusieurs années, et dans lequel elle appelait au secours.

— Vous êtes mon seul espoir, disait-elle.

Que serait-il arrivé si Luke avait ignoré ce message ? Il n'aurait jamais été chevalier Jedi, et Dark Vador régnerait sans pitié sur la galaxie. Pris d'un doute, il retrouve Rey, qui est en train de dormir devant sa hutte.

— Demain, l'informe-t-il. À l'aube. Je t'apprendrai à être un Jedi… et pourquoi ces derniers doivent disparaître.

Le lendemain, comme prévu, il débute l'apprentissage. Il ignore que Rey communique avec Kylo, grâce à la Force. Les deux jeunes gens réussissent même à se toucher la main. Alors qu'ils discutent, Kylo pose une question à Rey :

— Luke t'a-t-il raconté ce qui s'est passé, la nuit où j'ai détruit le temple Jedi ? T'a-t-il dit pourquoi j'ai fait ça ?

Suite à sa conversation avec Kylo, Rey veut connaître la vérité. Luke finit par la lui avouer. Cette nuit-là, alors que Ben était encore son élève, le maître Jedi a eu une vision : il a su que son apprenti deviendrait le terrible Kylo Ren, et il a voulu le mettre hors d'état de nuire… avant de changer d'avis.

Trop tard. Le garçon s'est réveillé et a surpris Luke, sur le point de l'attaquer.

Se sentant trahi, il a anéanti le temple, puis rejoint Snoke.

— Vous vous êtes trompé en pensant que son choix était fait, déclare Rey à Luke. Kylo Ren est notre seul espoir.

Au contraire du Jedi, elle est persuadée qu'elle peut le ramener du bon côté de la Force et qu'ensuite il aidera la Résistance. Avec Chewie et R2-D2, elle s'envole à bord du *Faucon*, direction le croiseur de Kylo…

Après son départ, Luke décide de brûler les vieux livres des Jedi. Il veut en finir avec tout ça. Mais l'esprit de Yoda apparaît et s'en charge avant lui. Il envoie la foudre sur l'arbre creux, qui s'enflamme. Puis le maître fait comprendre à son ancien élève qu'il va devoir faire un choix…

CHAPITRE 5

Rencontre avec Snoke

De leur côté, Finn, Rose et BB-8 sont arrivés à Canto Bight, où ils espèrent trouver l'homme dont Maz a parlé. Mais rien ne se passe comme prévu ! La police découvre leur vaisseau et jette Finn et Rose en prison. Là, ils rencontrent DJ, un autre détenu, qui les aide à s'évader.

Mais les policiers ne comptent pas les laisser s'échapper ! Après

une course-poursuite, Finn et Rose se retrouvent bloqués.

— Une falaise ! s'écrie le jeune homme.

Soudain, un vaisseau apparaît au-dessus d'eux. BB-8 et DJ sont venus les secourir !

Une fois à bord, Finn et Rose ont une idée. DJ semble être capable de déprogrammer n'importe quel appareil… alors pourquoi pas un traceur ?

Parvenus à l'intérieur du croiseur ennemi, les trois intrus se déguisent en officiers du Premier Ordre et trouvent l'appareil. Mais voilà que des stormtroopers surgissent !

Finn et Rose ne tardent pas à se rendre compte que DJ les a trahis. Heureusement, juché sur une machine géante à deux jambes,

BB-8 vient leur prêter main-forte. Finn se charge d'affronter son ancien chef, le capitaine Phasma.

— Tu as toujours été un lâche, rugit-elle.

— Un lâche résistant, rétorque le jeune homme avec fierté.

Sur ces paroles, Finn réussit à briser le casque de son adversaire et à remporter le combat.

Dans un autre endroit du vaisseau, Rey a retrouvé Kylo.

— Quand on s'est touché la main, j'ai vu ton avenir, confie-t-elle calmement. Tu vas te détourner du côté obscur.

— Tu as tort, réplique-t-il tandis qu'il la conduit à Snoke. Lorsque le moment sera venu, c'est toi qui changeras de camp.

Kylo la présente à son maître, qui le félicite. Snoke s'empare du sabre laser de Rey et le pose à côté de lui.

— Pour toi, tout est perdu, déclare-t-il avec un sourire cruel.

Mais Kylo a un plan. Pendant que le Suprême Leader est distrait, il se sert de la Force pour diriger le sabre laser dans sa direction. Puis, d'un geste, il se débarrasse de lui.

Rey et Kylo doivent désormais affronter les soldats d'élite de la Garde Prétorienne. Luttant côte à côte, ils en sortent vainqueurs.

Rey est folle de joie. Comme elle l'avait prévu, Kylo est passé du bon côté !

— Je savais qu'il y avait du bon en toi, se réjouit la jeune femme, un peu trop vite.

Kylo n'a aucune intention d'abandonner le côté obscur. Au contraire, il veut que Rey le rejoigne pour régner ensemble sur la galaxie.

Quand la jeune femme refuse, Kylo utilise la Force pour s'emparer de son sabre laser. Mais Rey se sert, elle aussi, de la Force pour le récupérer ! L'arme se met à léviter entre les deux adversaires…

CHAPITRE 6

La Résistance en danger !

À bord du croiseur de la Résistance, Leia s'est rétablie. Elle décide de suivre le plan de l'amirale Holdo : les résistants évacueront discrètement le croiseur à bord de petits vaisseaux. Pendant ce temps, le croiseur continuera de suivre sa route afin de distraire l'ennemi, le plus longtemps possible.

— Quelqu'un doit rester à bord pour piloter, explique Holdo.

Et c'est elle qui se propose.

Quelques instants plus tard, les engins de la Résistance foncent vers Crait, une planète reculée où se trouve une ancienne base. Mais voilà que le Premier Ordre les repère et les détruit l'un après l'autre ! Holdo doit faire quelque chose pour sauver les rescapés.

Seule dans son vaisseau, elle passe en vitesse lumière… et fonce à travers le croiseur ennemi !

Le sabre laser que se disputent Rey et Kylo finit par se briser en deux. Tandis que le vaisseau s'écroule autour d'elle, la jeune femme s'empresse de fuir à bord d'un petit appareil, tout comme Finn, Rose et BB-8, qui s'envolent vers Crait.

À l'arrivée du général Hux, Kylo affirme que Rey a supprimé Snoke

et annonce qu'il lui succède en tant que Suprême Leader.

Cette fois, il est bien décidé à anéantir la Résistance... pour de bon !

Leia et les autres se réfugient dans la base, protégée par une immense porte fortifiée. Là, ils trouvent quelques engins, encore capables de voler. Pas de quoi lutter bien longtemps contre leurs ennemis !

Tandis que Finn, Poe, Rose et quelques pilotes montent à bord de vieux skis speeders, le Premier Ordre charge un canon. Ils veulent

faire exploser la porte ! Dans les airs, les chasseurs TIE passent à l'attaque. Sur terre, ce sont les quadripodes.

Les résistants se trouvent en mauvaise posture. Heureusement, une silhouette familière apparaît dans le ciel : le *Faucon Millenium* ! Aux commandes, il y a Rey, Chewbacca et R2-D2.

— Chewie ! crie la jeune femme dans son casque. Il faut les éloigner des speeders !

Elle réussit à entraîner les chasseurs au loin. Mais le canon fait feu ! Leia comprend que la bataille

est perdue. Aucun allié n'est venu à leur aide.

— Nous nous sommes battus jusqu'au bout, déclare-t-elle. Mais la galaxie n'a plus d'espoir. L'étincelle s'est éteinte.

À cet instant, elle sent une présence… Luke ! Il est revenu pour les aider !

CHAPITRE 7

Une nouvelle étincelle

Luke se plante à l'extérieur de la base, prêt à se battre. Lorsque Kylo l'aperçoit, il n'en croit pas ses yeux.

— Tirez sur lui ! hurle-t-il.

Les soldats envoient décharge après décharge. Mais, une fois la fumée dissipée, Kylo constate avec stupeur que Luke est indemne ! Il sait ce qu'il lui reste à faire. Il quitte

son vaisseau et va affronter l'ancien Jedi, face à face. Sabre contre sabre.

— Supprime-moi dans un élan de colère, et je te hanterai pour toujours, le prévient le vieil homme. Tout comme ton père.

— La Résistance n'existe plus, rétorque Kylo. Le combat est terminé.

— La Rébellion vient de renaître, le contredit Luke. La guerre ne fait que commencer. Et je ne serai pas le dernier Jedi.

Pendant qu'ils s'affrontent, les résistants en profitent pour tenter de s'enfuir. Mais par où ? La porte fortifiée est la seule issue possible. C'est alors que Poe aperçoit des renards de cristal qui filent vers le fond de la grotte.

— Suivez-moi ! lance-t-il aux autres.

Les animaux se dirigent bien vers une sortie… malheureusement trop petite pour un être humain ! Dans son vaisseau, Rey a senti que ses amis avaient besoin d'aide. Elle demande à Chewie de survoler les montagnes.

— Ils sont forcément quelque part, affirme-t-elle.

Une fois le *Faucon* posé, Rey finit par les trouver, grâce à la Force. Mais ils sont coincés derrière un mur de rochers !

La jeune femme se concentre et tend la main vers les énormes

pierres. L'instant d'après, celles-ci se mettent à planer. Ses amis peuvent sortir !

À distance, Luke sent que les résistants sont en sécurité, et il lâche aussitôt son sabre laser. Kylo en profite pour abattre son arme. Mais la lame passe à travers le Maître Jedi sans lui faire de mal.

En réalité, elle ne fend rien d'autre que l'air.

— On se reverra, mon grand, murmure Luke.

L'instant d'après, il s'évapore.

En réalité, le Jedi se trouve toujours sur son île. Ren est furieux : Luke fait cela pour laisser le temps à la Résistance de s'enfuir.

Assis en tailleur au sommet d'une montagne de Ahch-To, Luke est épuisé. Envoyer une projection de lui-même sur Crait lui a demandé un effort surhumain, et il disparaît, pour de vrai cette fois. Malgré tout, il part heureux. Il a sauvé Leia, Rey et la Résistance.

Les Jedi continueront d'exister, même après lui.

Les membres de la Résistance embarquent à bord du *Faucon Millenium*, puis s'empressent de

passer en vitesse lumière. Rey a emporté les livres du savoir Jedi, juste avant de quitter Ahch-To.

Elle espère ainsi pouvoir continuer son entraînement.

Mais quelques survivants et un vaisseau, cela peut-il vraiment suffire pour vaincre Kylo ?

— Nous avons tout ce dont nous avons besoin, la rassure Leia.

Grâce à Luke, une lueur d'espoir a été rallumée, et elle se propage désormais aux quatre coins de la galaxie…

Fin

TABLE

PAPIER À BASE DE FIBRES CERTIFIÉES

hachette s'engage pour l'environnement en réduisant l'empreinte carbone de ses livres. Celle de cet exemplaire est de : 300 g éq. CO_2
Rendez-vous sur www.hachette-durable.fr

Photogravure Nord Compo - Villeneuve-d'Ascq

Imprimé en Roumanie par G. Canale & C. S.A.
Dépôt légal : avril 2018
Achevé d'imprimer : avril 2019
68.0861.6/03 – ISBN 978-2-01-704016-3
Loi n° 49956 du 16 juillet 1949
sur les publications destinées à la jeunesse